El encargo de Fernanda

El encargo de Fernanda

Gabriela Riveros Elizondo

EDICIONES
CASTILLO

S.A. DE C.V.
MONTERREY
NUEVO LEON
MEXICO

Coordinación del Premio de Literatura
Infantil y Juvenil:
Patricia Laborde

Editores responsables:
Sandra Pérez Morales y Víctor Hernández Fontanillas

Diagramación y formación:
Leonardo Arenas Beltrán

Ilustraciones:
Jesús Castillo

© Derechos reservados por la autora:
Gabriela Riveros Elizondo

El encargo de Fernanda

© Primera Edición, 2000
Ediciones Castillo, S.A. de C.V.
Priv. Fco. L. Rocha No. 7,
Col. San Jerónimo, C.P. 64630
Apartado postal 1759,
Monterrey, Nuevo León, México
e-mail: castillo@edicionescastillo.com
www.edicionescastillo.com

Miembro de la Cámara Nacional
de la Industria Editorial Mexicana,
Registro núm. 1029.
ISBN: 970 20 0126-9

Impreso en México
Printed in Mexico

Para Isabela.

Los jueves por la tarde, Fernanda va a casa de su abuela "Mane", como ella acostumbra decirle. Su mamá la lleva después de ir al jardín de niños y de comer, ya que ese día, ella toma clases de pintura con un señor gordo y bigotón que tiene una voz tan ronca que hace que los muebles tiemblen mientras habla.

A Fernanda le gusta mucho estar con su abuela porque ella sabe juegos que nadie más conoce. El abuelo pasa mucho tiempo fuera de la casa. A veces dicen que está en Ciudad de México. La abuela le explica a Fernanda que muchos niños viven en ciudades y que éstas quedan dentro de países. Incluso, la abuela dice que hay muchos países en el mundo y que los niños hablan diferentes idiomas. Nosotros hablamos el español.

Así que la casa de los abuelos queda toda para Fernanda y para su abuela. Hay algunos compañeros como Jolgorio, Carlota y Ronquillo: tres canarios que cantan todo el tiempo. La abuela les platica cosas por las mañanas mientras lleva las jaulas hasta la cocina, les quita la charola de abajo, enrolla el periódico mojado por los pájaros y descubre el periódico limpio. Después les pone

alpiste en su recipiente pequeñito y colorado. Jolgorio y su hijo Ronquillo están juntos en una jaula; brincan nerviosos de un palo a otro y a veces hasta se agarran de la reja de la jaula. A veces Ronquillo le pica los dedos a Fernanda mientras mueve la cabeza como muñequito de cuerda. Carlota está sola en otra jaula, tiene unos ojitos muy atentos que contemplan a la abuela mientras habla y Jolgorio, su esposo, inventa un canto sonoro y entonado que sube por los barandales, se enrolla en la enredadera y se combina con la melodía que silba la abuela.

A la pequeña Fernanda le gusta resbalar por las escaleras desde arriba hasta abajo. Recuerda que un día, la abuela abrió su clóset y le prestó una cajita antigua, con dibujos de mujeres con sombreros. La cajita tenía terciopelo azul por dentro. Ese día, le dio a probar un polvito café que a Fernanda le encantó. Su abuela le dijo que era "carne seca" y se lo dio en una servilleta que Fernanda guardó en la cajita antigua. Resbalaba por las escaleras y en cada escalón: un puño de carne seca a la boca y mmmm… Al llegar al piso de abajo se dirigía a la cocina y la abuela le daba más y, otra vez a subir la escalera.

Otra cosa que Fernanda disfruta es jugar con su abuela al "diablo de la pata coja". Su abuela prepara la cena y mientras pica y pica y pica tomates, cebollas, cilantro, chiles, manzanas, nueces, plátanos y no sé cuántas cosas más… ellas juegan. Fernanda salta con un pie y toca una puerta.

—¡Tan, tan!

—¿Quién es? —pregunta la abuela.

—El diablo de la pata coja —responde Fernanda.

—¿Qué quería? —pregunta de nuevo la abuela.

—Un listón —dice la nieta.

—¿De qué color? —pregunta la abuela.

—Rojo.

Y entonces la abuela le da un pedacito de tomate y Fernanda lo acomoda en un plato. Así siguen por un buen rato; la abuela le va dando listones de cilantro, de limón, de manzanas, de naranja, de tortillas y al final… ¡Fernanda crea un platillo lleno de colores! Lo acomoda en la mesa por si alguien se lo quiere comer, pero hasta ahora nadie ha querido. Le dicen que está muy bonito para comérselo.

El jueves pasado, al igual que todos los jueves, Fernanda llegó a casa de su abuela. Pero ese día fue diferente a los demás. Era un día muy caluroso y la abuela le dio limonada fría en su vaso favorito (un vaso de plástico con una muñeca rosa). Fernanda se acomodó en un sillón de la sala. La abuela se sentó a tocar el piano, casi siempre lo hacía. Recorría el teclado de un lado a otro y producía una

música que parecía mágica. Era como
si viniera de otra parte, fuerte, segura
de sí misma, juguetona. La música le
daba vida a toda la casa, las figurillas
de porcelana parecían alegrarse, los
árboles tras las ventanas se asomaban
presurosos, los olores a tapiz y
madera se alborotaban y hasta el
paisaje del cuadro sobre el sillón
parecía animarse.

Primero, Fernanda se sentó como niña grande, derechita, con los pies colgando hacia el piso. Después, se acurrucó y terminó subiendo los pies al sillón. Apoyó la nuca en el descansabrazos y así se quedó contemplando el techo de la sala. La música del piano se aceleraba, callaba, iba y venía, subía y bajaba, cambiaba de ritmos, de tonos, de volumen, acariciaba los retratos de las paredes, daba vida al resplandor del candil con sus figuritas de cristal brillante que vibraban al son de la música.

De pronto, Fernanda volvió los ojos al marco de la puerta de la sala. Hacía una semana había salido al jardín y tomado ocho semillitas de una planta que se llama "maravilla" con unas flores muy bonitas. ¡A la misma planta le crecen flores fiushas, blancas y rosas! La abuela dice que las flores se cierran en las noches y sólo despiertan y abren sus pétalos cuando sale el sol. A Fernanda le gustan las semillitas que dejan las maravillas porque son negras, redondas y pequeñitas, como si fueran de plástico.

Aquella misma tarde, mientras nadie la observaba, Fernanda había tirado cada una de las semillitas por un agujero que tenía el marco de la puerta de la sala. Oyó los ocho

sonidos de las semillas al golpear el metal y el suelo: *poc, poc, poc, poc, poc, poc, poc, poc.* Después fue al fregadero de la cocina y trajo unas gotitas de agua para también arrojarlas al agujero.

—El agua es para que no tengan sed… Háganse grandes. Las veo el jueves —les dijo alejándose de allí.

II

Toda la semana recordó a las
semillitas y pensaba si sería posible
que adentro de ese marco creciera
una planta de "maravillas", con
flores fiushas, blancas y rosas.
Imaginaba el marco de la puerta de la
sala con su agujerito y con una planta
inmensa asomando por allí. Se vería
curioso con su planta gigante repleta
de flores en medio de la sala, el
piano, los tapices de los sillones, las
figurillas inmóviles de porcelana, los
destellos del candil.

Ahora, al estar acurrucada en el sillón de la sala escuchando a la abuela, recordó todo el asunto de las semillitas. Quiso levantarse para ir corriendo a asomarse por el agujero, pero sus piernas estaban flojas y pesadas. Pudo hacerlo con mucho trabajo y cuál sería su sorpresa cuando encontró un par de hojitas verdes asomando tímidamente por el agujero. Volvió la cabeza y la abuela seguía meciéndose en el piano. La niña se puso de puntitas para alcanzar las hojitas y por fin, las pudo tocar: estaban frescas. Tan pronto como lo hizo, la planta comenzó a crecer y a crecer y a crecer… Salieron muchas ramas verdes con flores blancas… Las ramas seguían saliendo y Fernanda esperaba ver las flores rosas, y nada… puras blancas. Ya los tallos llegaban al techo y se esparcían por

buena parte de la sala. Fernanda, asombrada, dio un paso atrás. Volvió los ojos a la abuela, quien parecía no darse cuenta del asunto.

De pronto, una ramita que avanzaba por la pared llegó hasta el cuadro que estaba sobre el sillón y se detuvo. Se alargó un poco más el tallo hasta que se abrió una última flor que quedaba como parte del cuadro.

Fernanda volvió a ver a la abuela y, al darse cuenta que elia seguía tocando el piano, avanzó hasta el sillón sin hacer ruido. Se subió sobre él, se paró sobre los cojines y acercó sus ojos al cuadro. Éste había sido pintado por la abuela hacía muchos años. Era grande y mostraba un paisaje soleado con unas montañas a lo lejos, una casa muy bonita de sillar y tejas y dos personas sentadas que merendaban sobre el césped. Había un caminito que llevaba hasta la casa y el pasto tenía algunas flores.

Cuál sería su sorpresa al acercarse al cuadro y percibir una ligera brisa con olor a hierba. Fernanda retiró su cabeza y volteó para buscar a su abuela, quien seguía concentrada en el piano. Fernanda acercó de nuevo la cabeza hacia el cuadro, sintió nuevamente la brisa que acariciaba su cabello, sus mejillas chorreadas de limonada. Cerró los ojos para percibir mejor el olor; en ese momento comenzó a escuchar las voces de las mujeres que merendaban en el pasto. Abrió los ojos y vio, con asombro, que una de las mujeres tenía colocada a su lado la cajita antigua de la abuela; aquella con el terciopelo azul y los bultitos de carne seca. Fernanda se volvió para buscar de nuevo a la abuela, pero esta vez no la encontró.

En ese momento, Fernanda se encontraba de pie sobre el césped suave, con el calor del sol sobre su frente y algunas ramas rozándole las piernas. Podía escuchar perfectamente la conversación de las dos mujeres. Fernanda buscaba a la abuela, el piano, la sala… pero hubo algo que capturó toda su atención. Una de las dos mujeres volteó hacia Fernanda, con una sonrisa amable, la llamó por su nombre, tomó la cajita entre sus manos y se la ofreció.

Fernanda arrastró los pies sobre el

césped y cuando tomó la caja observó a la otra dama. Era una mujer horrible, como una mujer mala que alguna vez vio en la televisión: ojos amarillos y grandes, cejas muy negras, nariz de gancho y dientes filosos. Tenía una mirada fuerte y una sonrisa perversa. Fernanda tomó la cajita y salió corriendo lo más rápido posible en dirección a la casa. "¡Auxilio!", gritaba pero nadie la escuchaba. Sabía que la mujer se había puesto de pie para seguirla y por eso, hizo su mejor esfuerzo por escapar. Fernanda llegó corriendo hasta la puerta de la casa, y tocó mientras gritaba:

— ¡Ábranme, por favor! ¡*Toc, toc, toc*! ¡Alguien, ábrame! ¡*Toc, toc, toc*!

La mujer mala caminaba de prisa y se acercaba a Fernanda.

De pronto, alguien le abrió, Fernanda entró a la casa y la puerta se cerró de golpe tras ella. Fernanda se sorprendió al ver a dos hombrecitos pequeños que la

observaban con curiosidad. La habitación donde se encontraban estaba bien iluminada, tenía un par de mesas de trabajo y muchos estantes con tubos delgados de diferentes colores.

—Te esperábamos, tardaste mucho —dijo uno de los hombrecitos con ademán de fastidio.

—¿Cerraron bien la puerta? —preguntó Fernanda recordando los ojos amarillos de la mujer que la perseguía.

—Por supuesto, aquí no entra esa bruja. Lo que ella quería era impedir que llegaras hasta aquí, no quiere que te entreguemos los polvos —contestó el otro hombrecito con voz amable.

—Disculpe, señor, ¿de qué polvos me está hablando? No entiendo nada, hace unos minutos estaba con la abuela y ahora… No entiendo —comentó Fernanda.

—Ahora lo verás, acompáñame —sugirió el primer hombrecito y la tomó de la mano.

Fernanda colocó la cajita sobre una de las mesas y caminó tras él.

III

Al entrar a la habitación de junto,
Fernanda descubrió un salón
inmenso en donde crecían flores de
todos colores, tamaños, formas y
fragancias; entre ellas reconoció a las
"maravillas". Sin embargo, a un lado
de la pared había otras flores
totalmente blancas; eran de todas
clases: geranios, alcatraces,
bugambilias, rosas, aves del paraíso,
gladiolas, violetas, margaritas,
petunias, crisantemos… había
muchísimas flores, pero todas

blancas, totalmente blancas… sólo contrastaban con el follaje verde.

—¿Por qué aquellas flores están tan blancas? ¿Por qué no tienen su color? —preguntó con asombro Fernanda.

—Se trata de un asunto muy serio. Para eso has venido hasta aquí —respondió el hombrecito amable.

—Sigo sin entender en qué estoy involucrada —interrumpió Fernanda.

—Resulta que aquí, en esta casa, es donde se elaboran todos los pigmentos que llevan las flores del mundo. Son miles y miles de colores distintos, no puedes imaginarlo siquiera. Nosotros siempre hemos tenido un mensajero que los entrega en el mundo de los humanos —explicó el hombrecito un poco más tranquilo.

—¡Aaah! No tenía idea de que las flores tuvieran que pintarse —interrumpió Fernanda.

—Ustedes suelen ignorar muchas cosas —continuó molesto—, sin embargo, la mujer que te persiguió antes de entrar a la casa, quiere impedir que las flores vuelvan a tener color. Ella capturó a nuestro mensajero y se lo comió. Eso ha sido una tragedia para nosotros —enunció el hombrecito mirando al suelo.

—Ya me lo puedo imaginar… Vaya riesgo que corrí al meterme en este cuadro… —contestó la niña.

—Es una mujer mala que se alegra con el sufrimiento de otros y quiere quitarle el color a las flores. Tú sabes, los humanos las usan para alegrar los hogares, para demostrar cariño y amor, para adornar a las mujeres cuando se casan, cuando bailan, cuando visten las fiestas de colores, para venerar a los dioses… Ella quiere quitarle esos privilegios a los humanos —explicó el hombrecito.

—Ahora recuerdo… En casa de la abuela creció una maravilla grande que sólo daba flores blancas… Mmm… Y yo, ¿qué tengo que ver en esto? —preguntó Fernanda.

—Eres nuestra nueva mensajera —dijo el hombrecito con firmeza.

—¡Pues qué horror! —gritó Fernanda.

—Tranquila, no te pasará nada porque tú eres humano. La caja antigua que trajiste hasta aquí es para guardar los pigmentos. Te daremos un poco y tendrás que volver a la casa de tu abuela para rociarlo sobre

las semillitas que encuentres en las flores de su jardín —explicó el hombrecillo.

—¿Y por qué yo?, ¿por qué me eligieron a mí? —preguntó Fernanda con angustia—. Me da miedo esa señora.

—Porque tú nos buscaste cuando metiste las semillitas negras en el agujero. Al hacerlo, buscaste un mundo mágico sin darte cuenta. Pero además, todavía tenemos una pequeña sorpresa para ti. Ven, iremos a otro cuarto —dijo el hombrecito señalando hacia el fondo.

Fernanda, con el ceño fruncido, caminó tras él. Éste la condujo por un pasillo casi oscuro y al final se detuvieron frente a una puerta. Tocaron dos veces. Respondió una voz de niña.

—Pasen, aquí estoy.

Fernanda se asombró al descubrir
que la niña estaba sola en la
habitación, sentada sobre el suelo
pintado. Por un minuto, pensó que la
niña era prisionera de los
hombrecillos y que eso mismo podía
pasarle a ella. Sin embargo, la niña se
mostraba alegre y tranquila. Al
volver los ojos, Fernanda se

sorprendió. ¡Su cara era casi idéntica a la de su mamá!

—Hola, me llamo Regina; siempre estoy aquí pintando. ¿Qué haces aquí? —le preguntó.

—Me llamo Fernanda, pues… me caí a un cuadro… o más bien, vengo por colores para las flores de la Tierra… algo que no entiendo muy bien… Disculpa, pero, ¿te llamas Regina Martínez Robledo?

—Sí. ¿Cómo sabes mi nombre? —preguntó la niña.

—Mmmm…

Fernanda contemplaba atónita la escena. ¡Esa niña pequeñita que pintaba era su mamá! ¡La misma que ahora tenía treinta años y que los jueves tomaba clases de pintura con un señor bigotón y escandaloso!

El hombrecillo arrastró a Fernanda antes de que pudiera decir algo.

—Shhhhh. No le digas nada. Ella no lo sabe —murmuró.

—¿Qué hace mi mamá–niña en este cuadro? —preguntó Fernanda.

—Pinta ¿no lo ves? —respondió el hombrecillo.

—Ya me quiero ir de aquí. No entiendo nada —gimió Fernanda.

—Mira, en tu familia hay algunos que nacen artistas. A unos les gustan los colores como los de las flores, pero quieren que se queden, que vivan para siempre y por eso pintan. Otros tienen un oído especial y escuchan sonidos que nadie percibe: los murmullos del arco iris, los recuerdos de los muebles, la voz del silencio, del viento; ellos son músicos o escritores. Por ejemplo: tu abuela pinta cuadros y toca el piano. A otros les gusta modelar el espacio con su propio cuerpo, siempre en movimiento, creando formas nuevas, y esos, como una de tus tías, son bailarines. Un hermano de tu abuelo fue escultor; ellos descubren rostros y siluetas que permanecen escondidos en el mármol, la piedra, el bronce, hasta que el ojo y las manos del artista los descubre.

—¿Y luego? ¿Qué tienen que ver todos estos artistas en el asunto? —preguntó ansiosa Fernanda.

—Tu abuela pintó este cuadro cuando tu madre tenía cinco años. Como buena artista lo hizo pensando en ella de una manera tan profunda que en ese momento logró atrapar el alma de tu madre. Desde entonces, tu madre quedó fascinada por la fuerza que tienen los colores, por las voces que sugieren. Y por eso, los jueves va a su clase de pintura. Ahora conoces uno de los secretos de tu abuela —explicó el hombrecillo y agregó—: lo siento. No hay más tiempo qué perder, la mujer mala ahora duerme. Debes llenar tu cajita de polvos de colores y salir corriendo por la vereda hasta que escapes del cuadro. Eres la única que puede ayudarnos a devolverle el color a las flores del mundo. Sin embargo, debes mantener el secreto —detalló el hombrecillo.

—Está bien —respondió Fernanda.

IV

Fernanda colocó la cajita adentro de su blusa, cerró la puerta a sus espaldas, observó a su alrededor buscando a la mujer y salió corriendo rapidísimo. Sentía su corazón golpear la cajita. Lo sentía también en la frente. Corrió por todo el sendero hasta casi perder el aliento. Sus piernas se tornaron más pesadas.

—No me acordaba de que el camino fuera tan largo —se dijo a sí misma.

En ese momento se escuchó un alarido horrible y a lo lejos distinguió la cabellera negra y los ojos amarillos que parecían acercarse. Fernanda corrió con todas sus fuerzas hasta encontrarse con un borde de madera que presentaba un precipicio frente a ella. Brincó hacia él y cerró los ojos…

Durante unos instantes, sintió la brisa recorriendo su cuerpo. Cuando abrió los ojos estaba en el suelo de la sala frente a la abuela que, impasible, seguía tocando el piano.

La "maravilla" había desaparecido. Se puso de pie con la intención de salir al jardín para rociar los polvos sobre las semillas y así, cumplir su

encargo. La abuela recorría el teclado, con sus dedos delgadísimos hacia la derecha… hacia la izquierda. El cuerpo entero en movimiento como en una danza mística. Los brazos largos nadando en un mar de sonidos que lo inundaban todo, absolutamente todo.

Fernanda luchaba contra ese
sonido, contra una melodía
presurosa, fuerte y pesada que le
impedía mover las piernas y lanzar
un grito para que la abuela
interrumpiera su música y se
rompiera el hechizo.

Finalmente, Fernanda abrió los ojos de nuevo. Esta vez la contemplaban su abuela y su madre.

—Tranquila, no pasa nada. Has tenido algún mal sueño —decía su mamá, con tono amable.

—¡Tengo que ir al jardín, encontrar

las semillas...! ¡La música! ¡El piano no me dejaba! —gritaba Fernanda poniéndose de pie y buscando la cajita de los polvos.

—¿Para qué, hijita? ¿Para qué al jardín? —preguntó la abuela mirándola a los ojos.

—Para… para ver una cosa. ¿Dónde, dónde dejaron mi cajita que traía en la blusa? —gritó Fernanda.

—No traías ninguna cajita —contestó la madre.

—Dormiste toda la tarde, hijita —afirmó la abuela.

—Vámonos a la casa porque ya es tarde, Fer. Tu papá no tarda en llegar —dijo su madre, tomándola de la mano.

—Mmmm… Sólo quiero ver una cosa, mami —añadió Fernanda más tranquila.

Corrió hasta la ventana y vio con asombro que todas las flores del jardín de la abuela tenían sus colores originales. Fernanda frunció el ceño.

—Vámonos, Fer —dijo su madre.

Abrieron la puerta para encontrarse con la brisa húmeda y caliente de la ciudad, el ronroneo de algunos gatos y de los coches recorriendo la avenida cercana. El sol lanzaba sus últimos rayos delineando los contornos de nubes grises, doradas, naranjas. Los colores allí estaban cubriéndolo todo, incluso el canto insistente de las chicharras, colores a punto de ser borrados por la noche, a punto de sumergirse en el velo grisáceo que supone la oscuridad.

—Cumpliré mi encargo. Atraparé colores y los pondré en cuadros para que no se vayan nunca —pensó Fernanda mientras caminaba hacia el coche.

Observó sus manos y descubrió en ellas diminutas partículas de colores. Su madre abrió la puerta y Fernanda descubrió un cuadro sin terminar, tenía dos flores grandes blancas y sacudió el polvo de sus manos sobre ellas. Subieron al auto, su madre le guiñó un ojo y arrancaron de inmediato.

Esta obra se terminó de imprimir
en octubre del 2000 en los talleres de
Compañía Editorial Ultra, S.A. de C.V.
Centeno 162 Local 2
Col. Granjas Esmeralda
Delegación Iztapalapa
México, D.F.

El tiraje consta de 10,000 ejemplares
más sobrantes de reposición.